KB145499

그리움이
널 기다리고 있다

이만우 시집

시사랑음악사랑

시인의 말

경기도 산골 마을이었던 양주에서 태어나 어린 시절을 보냈다. 마음껏 친구들과 산과 들에서 뛰어놀던 시절, 가난했던 그 시절은 무엇보다 바꿀 수 없는 소중한 나의 추억이었다.

시골에서 많이 보았던 들꽃이나 야생화들은 친구처럼 지냈던 까닭에 지금도 야생화를 무척 사랑하고 좋아한다. 그 감성이 시로 표현되어 세상 밖으로 외출하게 되었다.

사계절의 모든 고난과 역경을 이겨내는 야생화는 나의 인생과도 같은 느낌이다. 감수성이 예민한 어린 소년처럼 언제나 맑고 깨끗한 마음을 간직하고 그 마음이 영원히 변하지 않았으면 하는 작은 바람이다.

꽃들을 보면서 꽃의 이름이나 형태는 표현하기 어렵지만 나와 대비해 보면서 꽃이 되어 나를 바라본다. 입장이 바뀌면 어떻게 되는지를 꽃들과 무언의 대화를 하면서 지내면 마음이 편안해진다.

살아가는 동안 부딪치며 겪었던 상황을 표현하면서 인생을 정직하고 올곧게 살자는 다짐한다.

시인 **이만우**

* 목차

* 목차

QR코드 스마트폰으로 QR 코드를 스캔하면
시낭송을 감상할 수 있습니다

 본문
시낭송
감상하기

 제목 : 얼음 방울
시낭송 : 박영애

 제목 : 산수유
시낭송 : 박영애

 제목 : 광대나물
시낭송 : 박영애

 제목 : 인생길
시낭송 : 박영애

제목 : 우산이끼
시낭송 : 박영애

 제목 : 사랑의 힘
시낭송 : 박남숙

 제목 : 물방울
시낭송 : 박영애

 제목 : 빛과 그림자
시낭송 : 박영애

 제목 : 안개
시낭송 : 박영애

 제목 : 꿩의밥
시낭송 : 박영애

 제목 : 수선화
시낭송 : 박영애

 제목 : 발자국
시낭송 : 박영애

 제목 : 박태기나무
시낭송 : 박영애

 제목 : 닻꽃
시낭송 : 박영애

제목 : 나무처럼
시낭송 : 박영애

 제목 : 낮달
시낭송 : 박영애

 제목 : 아침에는
시낭송 : 최명자

 제목 : 웅덩이
시낭송 : 박영애

 제목 : 성벽
시낭송 : 박영애

 제목 : 미루나무
시낭송 : 박영애

 제목 : 서광
시낭송 : 박영애

 제목 : 콩깍지
시낭송 : 박영애

 제목 : 큰꽃으아리
시낭송 : 박영애

 제목 : 시계초
시낭송 : 박영애

 본문 시낭송 모음

영상은 YouTube 정책 또는 운영 관리에 따라 삭제될 수도 있습니다.

시인은 자연을 이야기하고 시낭송가는 자연을 품었다
글자는 날개를 달아 언어로 날고 소리는 자연에 눕는다

얼음 방울

똑똑 떨어지는 물 한 방울 두 방울
바닥을 차고 뛰어올라 송알송알 모여
수정처럼 곱고 탐스러운 열매 맺었다

나도 맑고 투명한 마음이 되고 싶어
가까이 가서 바라보고 있으니 너는
또 한 겹의 얼음 장벽을 만들고
어디론가 멀리 달아나려고 한다

얼음 탑을 쌓아가는 모습이
마치 석공의 혼이 들어 있는 석탑을
만드는 것처럼 정성스러워 보여서
한 걸음 두 걸음 너의 곁으로 다가갔지

차가운 너의 마음을 포근하게 감싸주니
애써 감추던 마음의 문을 열고 그제야
흘끔흘끔 바라보는 너의 눈빛은
얼어붙은 나의 마음을 사르르 녹여주었다.

제목 : 얼음 방울
시낭송 : 박영애
스마트폰으로 QR 코드를 스캔하면
시낭송을 감상할 수 있습니다

산수유

앙상한 나뭇가지 마디마디에
황금빛의 고운 색 옷을 입고
바람에 살랑살랑 흔들리고 있다

뾰족한 알맹이는 터질듯한
모습으로 애처롭게 매달려서
나를 보며 생긋 웃고 있다

나는 살며시 다가가서
따스하게 두 손을 맞잡고
살짝 눈웃음을 보냈다

그대의 옷깃을 보듬어 주니
노란 왕관을 쓴 나무는
어여쁜 봄의 여왕이 되었다.

제목 : 산수유
시낭송 : 박영애
스마트폰으로 QR 코드를 스캔하면
시낭송을 감상할 수 있습니다

광대나물

한층 한층 곱게 쌓아 올린 너의 집
층층이 동그란 눈을 치켜뜨고
두리번대며 주변을 살피고 있다

벌들이 날아와 붕붕거리며 침을 쏘아대니
퉁퉁 부어오른 눈에서 눈물이 흐르는데
벌은 뒤도 안 보고 멀리 달아나니 얄밉다

스쳐 지나치면 보이지도 않을 만큼 작은 꽃
발길을 멈추고 너와 눈길이 마주치는 순간
마음속 깊은 곳에서 기쁨이 솟아오른다

이 계절이 지나가면 사라질 꽃이지만
너는 나에게 말없이 웃음을 주는 고마운 꽃이기에
나는 자연과 함께 더불어 살아가련다.

제목 : 광대나물
시낭송 : 박영애
스마트폰으로 QR 코드를 스캔하면
시낭송을 감상할 수 있습니다

갈림길

나는 어디로 가야 하나?
항상 갈림길이 나올 때면
정신이 혼미해진다

정신을 차리고 한참을 가다 보면
왔던 길을 다시 가기에는
너무 멀리 와 있다

내가 온 길을 다시 보듬어 보고
어떻게 가야 하는지
곰곰이 생각하여 길을 재촉한다

가도 가도 제자리인 것 같은
나의 길은 언제나 갈림길이고
쉼 없이 그 길을 향해 가고 있다.

인생길

두꺼운 손 살며시 열리니
깊이 파인 고랑마다
애절한 사연이 있네

좁다란 길을 따라가다 보면
막다른 골목으로 접어들어
방향을 잃고 헤매기도 한다

산등성이 아래의 아찔한 절벽
날카로운 물건들로 인하여
베어진 자국이 아픔으로 남는다

이름 모를 풀 한 포기
이름 모를 꽃 한 송이
아름답게 가꾸던 시절이 있었으니

운명은 자신의 노력 여하에 달린 것
수레바퀴 그르듯 흘러간 세월 앞에서
주먹 쥐고 온 세상 바람직하게 살자.

제목 : 인생길
시낭송 : 박영애
스마트폰으로 QR 코드를 스캔하면
시낭송을 감상할 수 있습니다

우산이끼

아주 작은 돌멩이 사이로
방긋방긋 웃으며 일어나
너만의 우산이 되고 싶은 나
목을 길게 내밀고 기다린다

가려면 어서 가라고
가랑비가 내리고 있는데
설렘 안고 나를 만나러 오려나
언덕 아래를 유심히 바라본다

언제나 어디에서나
너만 생각하는 내 마음
꿋꿋하게 버티고 서서
너만의 우산이 되어 줄게

비가 너의 마음을 적신다면
나의 마음속 따뜻한 온기로
포근하게 감싸 안아 줄 거야
네가 편안하고 따스해지도록 해야겠다.

제목 : 우산이끼
시낭송 : 박영애
스마트폰으로 QR 코드를 스캔하면
시낭송을 감상할 수 있습니다

금강초롱꽃

보라색으로 곱게 차려입고
누구를 기다리는지 알 수 없지만
지금은 저 옆에 친구와 함께 있네

아리따운 자태를 보여주기 부끄러운지
수줍게 고운 몸매를
간직하고 있는 모습들

속살을 드러내 놓기 싫은지
땅으로 길게 늘어뜨리고
쉽게 접근을 못 하게 하네

그대의 어여쁜 자태에
매혹이 되어 발길이
떨어지지 않는구나

초롱초롱 빛이 되어
여러 사람의 등불이 되고
마음을 치유하였으면 좋겠네

금강초롱꽃은 마음을
정화시켜 따듯하게
만들어 준다.

사랑의 힘

어느 날 갑자기 나타난 그녀는
나의 눈을 멀게 하고 심장을 멈추게 하는
힘을 가지고 조용히 다가와서
마음을 흔들어 놓았다

가까이 다가서지 못하고
마음만 졸이며 눈치를 요리조리 살피면서
붉어진 얼굴이 되고 굳어버린 입으로
더듬거리며 말을 붙여 보려고 하였다

살며시 미소 지으며 나를 안심시키려 하였지만
쿵쾅대는 심장 소리는 더욱 커지고
폭발할 것 같은 상황이었지만
강한 용기가 흘러나왔다

드디어 사랑의 고백을 하였고
우리는 하나가 되어 가정을 만들어
35년을 한결같이 사랑의 힘으로
알콩달콩 예쁘게 살고 있다.

제목 : 사랑의 힘
시낭송 : 박남숙
스마트폰으로 QR 코드를 스캔하면
시낭송을 감상할 수 있습니다

둥근잎유홍초

빨간 입술 쭉 내밀면서
나에게 살며시 속삭이듯
다가오는 그대 모습에

무슨 말을 하려는지
나는 슬쩍 다가서며
아주 조용히 기다렸다

그대에게 아무런 말을
듣지는 못했지만, 귓가를
스쳐 지나가는 바람이 알려 주었다

사랑하는 따뜻한 마음을
가지고 모두에게 나누어 주라고 하면서
휙 지나가 버렸다.

물방울

비 오는 날은 나뭇가지에
빗물이 소리 없이 흘러
동그랗게 맺혀진다

좀 더 커지면 뚝뚝 소리 내며
바닥을 두드리면서
땅에 일어나라 재촉한다

맑고 깨끗한 작은 물방울이
큰 울림을 주며 넓게 퍼지고
작은 파고를 일으키며 사라진다

물방울이 맺혀 있는 동안은
새로운 세상 속으로 가서
그 세상을 만나고 싶다.

제목 : 물방울
시낭송 : 박영애
스마트폰으로 QR 코드를 스캔하면
시낭송을 감상할 수 있습니다

빛과 그림자

해가 뜨고 내가 있으면
항상 나를 따라다니는 것
오지 말라 해도 오는 것
보이지 말라 해도 보이는 것
싫다 해도 싫어할 수 없는 것
좋아하면 친구가 될 수 있는 것
가라 해도 가지 않는 것

내 마음속의 그림자는 영원히
간직하며 가는 것이다

마음속의 숯검정을 태워 없애도
자꾸 쌓여가는 것

풀자
힘내서 새로이 가는 거다

모두 나의 친구가 되어
함께 가자.

제목 : 빛과 그림자
시낭송 : 박영애
스마트폰으로 QR 코드를 스캔하면
시낭송을 감상할 수 있습니다

사랑의 여과지

나는 무엇에 홀렸는지
도무지 알 수가 없었다

내 눈을 씌웠던 무엇인가가
좋은 인연이 되어
인생의 새로운 길을 만들었다

우리의 삶에 저 사랑의 여과지가
우리의 앞을 가름하기도 하고
주어진 것보다 만들어 가며 다듬고
채워가며 사는 것이 우리의 인생이다.

안개

앞을 보아도 멀리 볼 수가 없다
내 마음과 같은 안개가 눈과 마음을 가리고 있다
손에 잡히지도 않고 다가서면 사라지면서
가야 할 길을 막아서고 있다

끝이 어딘지 모르겠다
때로는 한 치 앞이 안 보일 때도 있고
어느 때는 멀리 보일락 말락 하다가도
바로 절벽 같은 느낌의 무서움도 주고 있다

미로와 같은 안개는
바람과 함께 몰려 다니면서
나의 마음을 어지럽고 혼돈의 세계로
몰아넣어 미궁으로 빠져들게 한다

안개가 사라지는 모습도 순식간이다
언제 그랬냐는 식으로 본래의 모습을 보여준다
해맑게 미소 짓는 아기처럼
이런 안개가 나를 감추기도 하고 앞을 보이지 않게 한다

안개처럼 나의 마음도 알 수 없다
그러나 안갯속을 헤매이면서도
나를 돌아보며 다시 한번 꿈도 꾸며
나의 길을 꿋꿋하게 가련다.

제목 : 안개
시낭송 : 박영애
스마트폰으로 QR 코드를 스캔하면
시낭송을 감상할 수 있습니다

꿩의밥

이른 봄날
작은 알갱이가 다닥다닥 붙어서
누군가를 기다리고 있다

살며시 다가서는데
푸드덕거리며 꿩이
놀라서 날아간다

꿩이 식사를 맛있게 하는데
내가 방해했다는 생각이 들어
꿩에게 미안한 마음을 갖게 된다

이제는 방해하지 않을 테니
자주 와서 맛있는 것 많이 먹고
살을 찌워 건강하게 살아가자.

제목 : 꿩의밥
시낭송 : 박영애
스마트폰으로 QR 코드를 스캔하면
시낭송을 감상할 수 있습니다

수선화

노란 옷 곱게 입고
우아한 얼굴로 환하게
나를 맞이하여 준다

그대의 고운 모습에
나는 발길을 멈추고
가까이 가서 말을 걸었지

방긋 웃으면서
반겨줘서 고맙다고
이야기하며 나도 웃었다

마음 따듯한 모습에
나도 살며시 웃으면서
그대와 친구가 되었다.

제목 : 수선화
시낭송 : 박영애
스마트폰으로 QR 코드를 스캔하면
시낭송을 감상할 수 있습니다

발자국

밤새 흰 눈이 왔다
화이트 크리스마스를 맞는 것은 참 오랜만인 것 같다

아무도 걷지 않은 곳을 걸었다
발자국이 남기는 흔적을
우린 지울 수 없다

누구나 나의 발자국을 올바로 따라올 수 있게
원칙과 상식의 발자국을
남겨 놓고 싶다

비록 해가 뜨고 따듯해져서
녹아내려 없어져도
기억 속에 남는 나의 발자국을 남기자

희고 고운 깨끗한 마음을 항상 갖고 싶고
저세상으로 갈 때까지
아니 저세상으로 가서도
나를 기억하는 발자국을 남기고 가겠다.

제목 : 발자국
시낭송 : 박영애
스마트폰으로 QR 코드를 스캔하면
시낭송을 감상할 수 있습니다

박태기나무

한 알 한 알 예쁜 꽃망울이 모여서
재잘거리며 재미있게
이야기하고 있다

무슨 이야기를 할까
궁금해져서 귀 기울여
유심히 들어 보았다

서로가 의지하며 뭉쳐 있어야
더욱 빛나는 꽃이 된다며
떨어지지 말고 꼭 붙어 있자고 한다

벌과 나비가 꽃의 꿀을
맛있게 담아 가며 고맙다고
인사를 하고 집으로 돌아갔다.

 제목 : 박태기나무
시낭송 : 박영애
스마트폰으로 QR 코드를 스캔하면
시낭송을 감상할 수 있습니다

닻꽃

높고 깊은 숲속의 풀숲에
작은 돛단배가 띄워져 있는데
험난하고 머나먼 길을 떠나가려 하고 있다

그러나 돛단배는 떠나지 못하네
누구를 기다리는지 누가 붙잡고 있는지
닻이 깊게 내려져 있네

긴 여름을 기다리고 기다려도 혼자서는 갈 수 없다고
떠나지 않겠다고 버티는 마음을
그 누가 알아주지 않은 채

그대는 왜 닻을 올리지 않고 있을까
아직도 더 기다려야 하는 사연이 있나 보다
그대를 두고 떠나지 못하는 애타는 마음을 나는 안다

꽃이 지면 닻이 올려지고
그대는 바람 따라 다른 여행지로 떠나가야 하기에
나는 그대를 보낼 수밖에 없다
다음을 기약하며 또 기다려야 한다는 것을.

제목 : 닻꽃
시낭송 : 박영애
스마트폰으로 QR 코드를 스캔하면
시낭송을 감상할 수 있습니다

나무처럼

나무는 계절의 변화를
가르쳐 주지 않아도 스스로 알고
겨울로 접어들면 잎사귀를 슬며시 떨어트린다

자신의 생명 줄인 나뭇잎을 자신으로부터 내려놓고
최소한의 에너지를 지닌 채로
혹독한 추위를 견디며 봄을 기다린다

봄이 되면 껍질 사이로 땅의 순수한 물을 빨아들여
새로운 잎사귀를 돋게 하여 생명을
이어가며 나이테를 하나 더 만들어 낸다

나무처럼 자신을 지키고
다시 되돌려 주는 아름다운 마음으로
나는 다시 살아가련다.

제목 : 나무처럼
시낭송 : 박영애
스마트폰으로 QR 코드를 스캔하면
시낭송을 감상할 수 있습니다

낮달

무슨 사연이 있기에
파란 하늘에 달님이
얼굴을 내밀고 있다

소나무와 벚꽃이 달을
맞이하며 사연을 들어주며
함께 보듬어 주고 있다

외로움을 달래려는지
바람도 함께 사연을
살랑살랑 실어다 주었다

따뜻한 친구들이
달을 위로하며 함께 지내는 모습이
더욱 아름답게 보인다.

제목 : 낮달
시낭송 : 박영애
스마트폰으로 QR 코드를 스캔하면
시낭송을 감상할 수 있습니다

어둠

한낮을 따스하게
비춰주던 태양은
서쪽 하늘로 꼬리를
감추며 흔적 없이
아주 조용히 사라져만 간다

어둠이 밀려오면
마음의 두려움이
밀물처럼 가슴속을
후벼 파고들어 온다

도저히 떨쳐내지
못하고 그저 가슴속만
새까맣게 타버리며
어쩔 줄 모르고 있다

내 마음의 등불이
어서 빨리 켜지기를
기대하는 마음만
더욱 커져만 간다.

봄 단풍

화사한 벚꽃이 산을 수놓고
새싹들은 나뭇가지를 수놓고
청송은 늘 변하지 않고 그대로 있네

형형색색으로 물들인 산들은
생명을 잉태하듯 새싹들의 요란함에
숨죽이고 잠들어 있던 나를 깨운다

봄을 알리고 있던 꽃과 나무들은
화려하게 나를 꼭 안아주며 어서 오라고 손짓하며
함께 어울리자고 하며 반기고 있다

자연의 경이로움에 나는 그저 멍하니
봄 단풍의 아름다움에 취하여
기지개 켜고 세찬 숨을 몰아쉰다.

야경

따스하던 한낮의 햇볕은
서산을 붉게 물들이며
가슴 설레게 넘어가면서
어둠을 선사하고 슬며시 사라져 간다

어둠이 곱게 내 곁에 내려앉으면
마음을 밝게 비춰주는 가로등은
나와 함께 호숫가를 거닐며
벗이 되고 길잡이가 되어 주고 있다

마음이 어둠 속으로 사라지지 않게
너에게 다가서서 기대면
포근함과 편안함을 가져다주고
항상 너를 바라보며 나는 즐긴다.

수수꽃다리 향기

오후의 나른함에 밖을 나갔다
실실 불어오는 봄바람이 지친 나의 뺨을
살짝 스쳐 지나가는데
상큼한 향기가 함께 실려 왔다

나는 그 향기를 나비처럼
이리저리 찾아다녔다
드디어 골목길 끝의 외딴집 담벼락에
곱게 피어 있는 너를 만났지

벌들은 나보다 먼저 너의
그윽한 향과 예쁜 자태에 취해서
내가 온 줄도 모르고 꽃 속을 파고들면서
바쁘게 움직이며 꿀을 따고 있네

아름답고 고운 모습에 반하고
상큼하고 그윽한 향기에 취하여
너와 함께 있었던 시간으로
나는 오늘 하루 잘 보냈다.

두 얼굴

나를 보는 것 같다
같은 몸에서 생각과 행동이
서로 다를 때의 모습을 보면서

이러면 안 되는데 나도 인간이
아직 덜된 것 같기도 하고
혼란스러울 따름이라서 마음이 아플 따름이다

무슨 일이 있어도 같은 생각과
같은 행동을 해야 하는데
그렇게 안될 때가 많이 생기고 있다

완벽함을 추구하는 것은 아니지만
언제나 하나가 되려나 하는 생각을 하면서
내가 더욱 성숙해지는 계기가 되었으면 좋겠다.

항아리

장독대의 여러 항아리 속에는
무엇이 담겨 있는지
항상 궁금한 마음을 가지고 있다

어머니의 손맛이 남아 있는 장이 있을까?
숨바꼭질하는 아이가 숨어 있을까?
어둡고 보이지 않는 그 깊은 속을 알까?

그 항아리를 보고 있으면
하늘나라에서 흐뭇하게 보고 계시는 어머니의
모습이 눈앞을 가리게 된다

정겨우면서 마음 한구석은
휑하니 뚫려 있는 느낌이 드는 것은
언제나 그리움을 잊지 못하고 있기 때문이다.

목련꽃

솜털처럼 부드러운 꽃받침을 만지면
아련히 떠오르는 옛 연인의
머리카락을 만지고 있는 느낌이다

곱고 하얀 꽃은 창백하지만
은은한 미소를 띠며 다가오는 듯한
착각을 일으키게 된다

마음은 이미 떠나고 없는데
왜 이리 자꾸만 머릿속을
흔들어 대고 있는 것일까

목련꽃을 보면서
아내에게 편지를 써야지
사랑한다고 그리고 함께 가자고…

억새

바람이 살랑살랑 불어대는
산과 들판은 사연이
강물처럼 넘실대며 흐른다

그 바람이 실어다 주는 소식에
울기도 하고 웃기도 하며
빠르게 지나가 버린다

지나간 후의 내 모습은
어떻게 변해 있을까 하고
항상 생각해 본다

나는 그대처럼 한곳에
서 있으면서 바람에 흔들거리며
귀 기울여 새로운 소식을 기다린다.

어머니

하늘에 계신 어머니
보고 싶은 그리움에
가슴 한구석이 아려온다

따듯한 봄날에 먹구름이 다가오며
비가 세차게 내리고 있는데
비 맞으실까 걱정이 된다

항상 나의 마음을 지탱하여 주신
어머니 덕분에 올바로 살아갈 수 있었던
정신적 지주였던 어머니였다

곁에 계실 때는 몰랐는데
세월이 많이 흘렀어도
언제나 그리움은 사라지지 않는다.

왕버들

길게 늘어진 가지가지마다
뽀송뽀송한 솜털이
곱게 솟아나 있다

빨간 립스틱을 칠한 듯한
꽃술에는 달콤한 꿀이
벌과 나비를 유혹한다

그 고운 자태는
비와 바람을 견디면서
아름다움을 보여 준다

언제나 그 자리에서
예쁜 모습으로 항상
내 곁에 있었으면 좋겠다.

쇠뜨기

이른 봄 넓은 들판에
삐죽삐죽 얼굴을 내밀며
세상이 신기한 듯 바라본다

마디마디 올라가면서
서로 다르게 생각하며
꽃을 피우고 있다

무엇이 궁금한지
무엇을 보려는지
자꾸만 높게 올라가려 할까

호기심이 많았던 시기로
돌아가고 싶은 마음은
나의 생각뿐일까?

금낭화

옆으로 길게 뻗어 나가면서
마디마디에 주머니를 매달고
한참을 가로질러 간다

꽃망울의 무게를 지탱하기 위하여
안간힘을 쓰는 모습이
애처롭게 느껴진다

활처럼 휘어진 줄기에 매달린 꽃들은
나의 자식과도 같이 나를 바라보고
인생의 등줄기처럼 힘차게 서 있다

멋진 꽃도 한순간에 지고
우리의 삶도 세월의 무게를 짊어지고
떨쳐내면서 흘러만 간다.

삽질

어두컴컴한 이른 새벽에
곳간에서 삽을 들고 논가를
둘러보려고 집을 나섰다

밤새 비가 많이 왔기에
물꼬를 터주고 논물이
넘치지 않게 하려는 것이다

부지런한 모습을 보여주고
내가 해야 할 일이 무엇인지
올바로 알아야 타인에게도 줄 수 있는 것이다

그 구분은 어렸을 때부터
많은 훈련도 하고 실천하면서
살아야 가능한 일이다.

목련꽃 그늘

뽀얀 속살이 수줍음을 타며
살며시 조심스럽게
세상 밖으로 드러내 놓고 있다

하얀 꽃그늘 아래서
사랑의 시를 읽고 있으면
모든 것은 나의 것이 된다

살랑살랑 불어오는
봄바람이 정신을 혼미하게 만들며
세상을 덮어 버린다

꿈속에서 헤매고 있다가
깨어보니 어느덧 봄은
저만큼 지나가 버렸다.

깃발

그리움 쌓여
머무는 그곳

다정한 친구
모두 모였네

온 세상은
희망의 그날

꽃다지

따스한 봄기운을
일찍 받아 뿌리가
요동을 치며 일어난다

겹겹의 꽃받침이 웅크리고
있다가 기지개를 켜면서
팔을 들어 올리며 자리를 잡는다

노랗고 작은 꽃망울들이
꽃대에 붙어 일찍 햇빛을 보려고
올망졸망하면서 밀려 올라온다

작고 예쁜 꽃은 마음을 녹이고
마음은 대지를 녹여서
아름다운 들판으로 태어난다.

외로운 낙엽

앙상한 나뭇가지에
덩그러니 걸려 있는
외로운 낙엽이 있다

바닥에는 그동안 같이 지냈던
친구들이 어서 오라고
바람에 날리어 가며 소리친다

갈까 말까 망설이다가
조금 더 생각해 보기로 하고
안간힘을 쏟아내며 견디고 있다

거센 바람에 나뭇잎은 떨어지고
바닥의 친구들과 잘 어울리며
이리저리 세파에 흔들리면서 간다.

부처꽃

작은 연못이나 물웅덩이의
가장자리에 자리를 잡고
무더위 속에서 피어 나는 꽃

보라색의 은은하고
감질나는 색으로 그대는 곤충들을
유혹하면서 도도하게 서 있다

조용히 다가서는 나비는
긴 빨대로 꽃 속의 맛있는
꿀로 허기진 배를 채우고 있다

공존과 공생
서로에게 필요한 것
나도 부처꽃과 나비처럼 가련다.

올리사랑

어머니는 한여름인 누리달 스무사흘 힐조에
삭신이 부서지고 깨지는 것을 견디며
나를 하늘의 빛을 보게 하셨다

가은길 마음으로 옹골지게
살아오신 어머니는 내가 골박하면
나를 닦아세우며 길라잡이가 되어 주셨다

노닥이거나 구성지지 못한 나는
어머니에 대한 다솜은
은가비처럼 지내왔다

어머니를 흐노니 하면서
샛별처럼 빛나게 또바기 하여
나를 보여주는 것이 올리사랑이고 효도다.

버들피리

버드나무의 줄기와 껍데기 사이로 신선한 물줄기가
쉼 없이 오르락내리락하며
생명을 움트게 하고 있다

물이 오른 한줄기를
살며시 부여잡고 순간적으로 꺾어
약간 비틀어 주고 줄기를 빼낸다

껍질을 다듬고 그 끝을
살짝 조심스럽게 눌러주고
한 둘레를 벗겨낸다

입으로 불어 대면
멋지고 아름다운 소리가
나를 즐겁게 해준다.

강아지풀

부드러운 솜털을 쓰다듬고 있으면
나의 손길로 전해지는 짜릿한
느낌은 신선하게 전해지고

그대는 그저 바람에 나부끼며
흐느적거리고 깨알 같은
씨앗을 멀리멀리 바람에 실려 보낸다

따스한 날들이 지나가고
매서운 찬바람이 들이닥쳐도
그 자리를 지키고 있다

강인한 생명력은 아주 오랫동안
그곳을 지키며 자연에서 살아가는
방법을 터득하며 삶의 지혜를 얻는다.

조각배

뒷동산에 올라가면
땔감을 만들고 베어진 소나무의 그루터기는
두꺼운 껍질을 가지고 있다

작은 손은 조각칼을
세밀하게 요리조리 움직이며
조각배를 만들어 간다

귀엽고 깜찍한 작은 배는
졸졸 흐르는 시냇물에
사랑을 실어 나른다

사랑을 실은 조각배는
아주 먼 곳까지 가서
멋진 세상을 함께 만들어 가자.

허수아비

참새들이 재잘거리며 날아들고
까치들은 큰 소리를 내면서
잘 익은 곡식을 찾아다닌다

누렇게 익어가는 벼 줄기 위는
새들의 놀이터가 되었지만,
벼는 줄기가 꺾일 정도로 휘어져 힘겹게 버틴다

멀리서 새를 쫓는 소리가 들리면서
게으른 할아버지는 논두렁으로 다가서며
허수아비를 보고 헛웃음 치며 살며시 웃는다

그저 서 있기만 하면서
새들과 친구가 되기도 하고
어느새 할아버지와 친구가 되어 있다.

네발나비의 사랑

여름 어느 날 갑자기
나의 팔 한곳에
네발나비가 살며시 다가와 앉았다

나를 뚫어지게 바라보더니
긴 빨대로 땀샘을 찾아서
여기저기 마구 휘저으며 다녔다

빨대의 간지러움을 참아 가면서
팔을 이리저리 움직여 보았지만
그대는 아무렇지도 않게 편안히 머물러 있었다

잠깐의 시간이었지만
네발나비는 갈 길을 떠나갔지만
나에게 왔다 가서 매우 흐뭇하였다.

화살나무

거칠고 투박한 껍데기는
뾰족하게 돋아 있어
옛 무사들의 화살처럼 보인다

가냘픈 줄기가 휘어지지 않게
보호하려는 모양으로
아무도 접근하지 못하게 하려 한다

빨간 열매는 다정하게 이야기를
나누는 오누이와 같이
소박하게 매달려 있다

누군가의 손에
저 열매들은 사라지겠지만
나는 고이 간직하련다.

아침에는

진한 어둠을 뚫고
서서히 다가오는 거대한 힘을 못 이기고
나는 잠에서 깨어난다

아직 꿈속에서 헤매고 있는 것 같이
혼돈의 상태에서 멍하니
천장만 바라보며 정신을 차리려고 한다

꿈과 현실 사이를
가로지르는 경계선에서
항상 고민하고 있다

마음을 가다듬고 새로운
하루를 즐기기 위한 준비는
너무 힘들지만 가야 하는 길이다.

제목 : 아침에는
시낭송 : 최명자
스마트폰으로 QR 코드를 스캔하면
시낭송을 감상할 수 있습니다

실잠자리

고요한 연못 속에 퍼덕대며
요리조리 날렵하게 사냥을
피해 다니면서 살아남았다

딱딱하고 무거운 껍데기를 물속에
살며시 남겨 놓고 새로운 세상을
두리번거리며 보고 있다

물 밖의 세상을 살아가는데
먹잇감이 되지 않기 위하여
풀숲을 넘나들며 피해야 한다

곱고 예쁜 그를 만나려면
조용히 그리고 천천히 기다려야
그가 나를 맞이하여 준다.

쇠별꽃

추웠던 겨울 꽁꽁 얼어버린 대지의
양지바른 곳에는 하얗고 뾰족뾰족한
꽃잎이 예쁘게 나와서 나를 반기고 있다

언제나 변함없이 들꽃은
기지개를 켜며 생명의 힘을
멋지게 보여주고 있다

아주 작지만 봄을 알려주는
봄의 전령사들은
오늘도 나에게 힘을 준다.

가을

가을은 저물어 가는 노을과 같이
붉게 물들여 놓거나 하얀 머릿결처럼 하얗게
만들어 놓고 저 멀리 사라져 가고 있다

나도 그 길을 따라 천천히
발걸음을 옮겨 가면 한 개 두 개
발자국이 길거리 낙엽만큼 많아진다

때로는 넘어지고 다시 일어나
먼 길을 가기 위해 또 가면서
올바로 왔는지 가끔 뒤돌아본다

후회한들 무슨 소용 있나
이미 가버렸는데 하면서 돌고 돌아
정신을 차려보면 언제나 제자리에 와 있다.

인생은 건축물

세상의 공기를 마시기 위하여
요란한 울음보를 터트리며
나의 존재가 나타났다

천진난만하고 순수함이 가득한
아기천사의 모습으로
곱고 예쁘게 성장하였고

많은 것을 보고 배우고 노력하면서
나는 기초를 단단하게 만들고
수많은 것들을 쌓아 나갔다

땅을 다지고 돌 한 개씩
쌓아 올리는 건축물의 주춧돌같이
나의 인생도 단단하게 만들어졌다.

등잔불

창호지를 둘둘 말아 심지를 만들고
캄캄한 밤을 밝게 비추어 주었던
우리들의 등잔불이 있었다

엷은 바람에 등잔불은 하늘하늘 흔들렸지만
쉽게 꺼지지 않고 책을 보면서
밤을 함께 보냈다

내 마음의 등잔불도
언제나 나와 함께
그 시절에 머물러 있다.

해넘이

어둠은 저 먼 곳에서
조용히 내게 다가오며
가까이 오라하고

어디에선가 들려오는
풀벌레 울음소리가
마음을 울리는 것 같다

자연의 순리에 따라
어둠이 지나가면
새벽이 또다시 밝아오고

힘들고 어려운 고통의 시간도
세월의 흐름 속에 묻어 놓으면
따스하고 맑은 날은 나에게도 온다.

동자꽃

뜨거운 햇살 아래
조용히 구석에 홀로
곱게 얼굴을 내밀고 있다

외로운 그 마음을
알아주지 않고 있어도
그 자리를 지키고 있다

나비와 벌들이 고운 옷 입고
찾아와서 재잘재잘 이야기하고
실바람이 주변 소식을 전해주고 있다

기다리는 마을을 간직하며
변함없는 우직함이
예쁜 꽃으로 나에게 다가왔다.

장작

바짝 마른 장작을 도끼로 내리치면
두 조각으로 쩍 갈라진다
굵은 통나무도 아무런
힘도 쓰지 못한 채 맥없이
쪼개지면서 나뒹군다

난로에 들어가서 시뻘건 불꽃을
받아 가며 활활 타오르며
방안을 따듯하게 해주는 고마운 장작이다

몸은 타들어 가면서 남을 따듯하게 해주는
희생을 감당하며 연기와 재가 되어
어딘가 밭에 뿌려지겠지

살아 있는 수많은 것도
마지막은 한 줌의 재가 되는 것은
우리의 인생도 마찬가지다.

나의 친구

따듯한 봄날에 야생화를
만나러 가기 위하여
먼 길을 떠났다

내 마음의 창이 그대를
바라보고 생각하는 것을 맞추고
사각 틀 안으로 밀어 넣는다

친구의 심장 떨리는 소리가
귓전을 때리면 한 폭의 그림으로
나를 즐겁게 해 주고 있지

그림 속으로 나를 빠트려서
마음을 새롭고 멋지게 가다듬게
만들어 주는 친구는 나와 영원히 동행한다

친구를 통하여 새로운 모습을
항상 보게 됨은 나의 축복이고
행복을 나누게 되어 기쁘다.

네발나비와 나

한창 더운 어느 여름날
네발나비가 나에게 찾아왔다
나는 내 팔을 다소곳이 내어 주고
네발나비가 움직이는 대로 보고 있었네

너는 이리저리 자리를 옮겨 다니면서
꿀샘을 찾아 긴 빨대를 꽂아 넣어서
염분을 섭취하려고 한 것이 아닐까?
빨대는 나를 간지럽히며 영양을 보충했겠지

네발나비는 나와 잠깐 동안 친구가 되어
사무실과 정원도 같이 다니고 옆의 동료가 보며
신기해하고 소리를 질러도 팔을 세게 움직여도
한참을 함께 지내고 있었네

나는 네발나비를 친구로 사귀었던
기억을 오랫동안 간직하고 있고
네발나비를 가까이서 관찰하고
멋진 눈과 다리, 날개도 보았다

세상의 누구와도 친구가 될 수 있다는
마음을 가지고 자연과 친하게 지내면서
아름다운 삶을 모든 이와 더불어 사는
방법과 지혜를 배워야 하겠다.

새싹

삐죽삐죽
아주 곱게 솟아오르네

뿌리 깊은 곳에서
생명이 움트는 기운

이제 봄이 다가오는
느껴지고 있네

마음 포근하게
봄을 기다려야지.

웅덩이

굶주렸던 추운 겨울 어느 날
논 가에 있는 웅덩이의 두꺼운 얼음을
친구들과 깨트리고 물을 퍼낸다

추위를 이겨내기 위하여
웅덩이로 모여든 붕어, 미꾸라지, 개구리, 가재 등이
여기저기 모여서 보인다

이리저리 빠져나가려는
물고기들을 서로 잡겠다고 추운 줄도 모르고
얼굴에 진흙을 묻혀 가며 바구니를 가득 채웠다

추억이 깃든 웅덩이는
시간과 장소는 달라도 어린 시절의 추억을
고스란히 남겨 주어 미소를 짓게 만들어 준다.

제목 : 웅덩이
시낭송 : 박영애
스마트폰으로 QR 코드를 스캔하면
시낭송을 감상할 수 있습니다

기다림

그대는 아무런 소리와 냄새도 없이
수많은 인간의 생활에 혼란을 주고
아직도 우리들을 꼼짝 못 하게 만들었다

무엇 때문에 우리들을 창틀 안에
가두어 놓고 있는지
알려주지도 않고 버티고 있다

우리들 스스로 견디어 내는 힘이
어디까지인지 보기 위한 것인지
도무지 알 수가 없다

힘들고, 어렵지만 우리는 그대를 극복하고
다시는 발을 붙이지 못하게
슬기롭게 대처하여 물리칠 것이다.

성벽

아무런 불평도 없이
그저 놓인 자리에서 묵묵히
모두를 위하여 움직이지 않고 있다

석공의 정에 모난 곳이 깨어지고
반듯하게 다듬어져서
알맞은 자리에 놓인다

수많은 조각이 모여서
높고 긴 성벽이 만들어져 가며
안전한 생활이 되도록 해준다

지금도 그 성벽을 보면서
옛 선조들의 지혜와 노력을 생각하고
현재 나를 지켜주는 것이 무엇인지 생각해 본다.

제목 : 성벽
시낭송 : 박영애
스마트폰으로 QR 코드를 스캔하면
시낭송을 감상할 수 있습니다

미루나무

시골길의 논 가에 길고 높게 늘어서서
까치와 참새들의 놀이터가 되고
그늘은 마을 어르신들의 쉼터였다

미루나무 꼭대기에 걸려 있는
뭉게구름을 보면서 하늘을
날아 보려고 생각하였다

곧게 자란 미루나무는 동네에서
가장 높게 자랐던 나무였기에
하늘을 날아다니는 꿈을 그렸다

지금 그 꿈은 멀어져 갔지만
아직도 언제나 새로운 것을 찾고
만들어 가는 나는 또 어디론가 가고 있다.

제목 : 미루나무
시낭송 : 박영애
스마트폰으로 QR 코드를 스캔하면
시낭송을 감상할 수 있습니다

저 멀리

저 멀리 보이는 불빛을
따라가면 어디이냐고
항상 생각하고 있다

그곳은 낙원인지, 지옥인지
도무지 알 수 없는 곳일까?
갈 수 있는 곳일까?

가다 보면 수많은 갈림길을 만나고
선택에 따라서 갈 길은 서로 다르게 되고
언젠가는 만날 수 있다는 희망이 있다

모든 선택은 나에게 있고
선택된 길이라면 가는 길을
항상 잊지 말고 나를 사랑하자.

서광

시커먼 구름이 멀리서
하늘을 물들이며 무섭게 다가오며
온 세상을 뒤덮어 가고 있다

지금의 세상을 저 구름이
보여주고 있는 듯이
수많은 일들을 예측하기 어렵다

진실과 정의가 모두 구름 속에
가려져서 미궁 속에서 헤매면서
갈 길을 찾지 못하고 지나간다

구름이 지나가면서 밝아지는
세상에서는 진실과 정의가
우리 앞에 나타나게 되는 날이 기대된다.

제목 : 서광
시낭송 : 박영애
스마트폰으로 QR 코드를 스캔하면
시낭송을 감상할 수 있습니다

매미

뜨거운 여름에는 매미가 땅속에서
7년여를 굼벵이로 보내고
지상으로 나온 후에 허물을 벗었다

성충이 되어 짝을 부르는
울음소리가 요란하게 울려 퍼지는데
약간 슬픈 느낌이 온다

얼마 남지 않은 생명의 시간을
보내는 것이 서러워서 울까?
아니면 짝을 못 찾아 슬프게 울까?

결국은 나뭇가지에 알을 낳고
생을 마치게 되는 매미의 삶인데
어쩌면 우리 인간도 마찬가지다.

달

깜깜한 하늘에 밝게
웃고 있는 저 달 속에
어두운 곳이 보인다

달의 표면도 굴곡에 따라
태양빛의 그림자가 생겨서
보이는 것이겠지

어떤 것이든 앞과 뒤는
항상 있기에 그때마다
달리 보이게 마련이다

달 속의 토끼가
그 그림자였을까?

눈꽃

눈이 밤에 몰래 내렸다.
길가의 은행나무에
하얀 눈꽃이 피었네

가로등이 외롭게
비추고 있네

쓸쓸한 밤에
아무도 없는 길거리

누가 봐주지 않아도
예쁘게 피어 있네

바람이 세차게 불어오네
나무의 눈꽃도 떨어지네

참 눈 많이 오는 겨울이다.

아침 햇살

엷은 하늘 찌푸린 아침
구름에 가려져 있는 태양

태양이 밖으로 나오려 해도
자꾸 흘러가는 구름이
앞을 막으며 흘러간다

바람은 구름 좀 데려가 주었으면 좋겠는데
태양이 세상을 밝게
비칠 수 있도록

바람이 잠시 말을 알아듣고
구름을 데려가서 해가 비친다

또 바람이 구름을 데려와서
태양을 가린다

우리가 어찌할 수 없는
저 태양을 바라보며
힘차게 살아가자.

나이테

한 줄 한 겹 쌓여만 가네
넓어져 굵어지는 만큼
질곡의 세월을 보냈겠지

세월의 흐름 속을
잘 알 수 있네
이제 세상을 뒤로하고
그 속내를 보여 주고 있다

잘려 나가기 전에는
도저히 알 수 없지만
수명을 다하면 지나온 세월을 보여준다

깊은 속을 알 수 있게 되는 것은
우리네 삶과 별반 차이가 없는
자연의 섭리다.

떠난 이의 눈

세상이 하얗게 변했네
밤새 눈이 내리고
지금도 내리고 있네

저 높은 하늘나라로
떠난 이의 마음이
눈이 되어 내리네

떠난 이는 말이 없어도
그가 남긴 것은 영원토록
남아 있을 것이네

젊은 나이에
불치병으로 생을
마감 했지만

나는 그를 잊을 수 없다

신호빈

"나를 외치다"를 쓰고
병마와 싸우다
하늘의 별이 되었다.

시인

혹독한 겨울이 가면

나무의 미세한 모세관처럼

새로운 힘을 주는

그대는 시인

남겨진 씨앗

나는 들판의 한가운데 서 있고
친구들은 모두 어디론가
가버리고 홀로 남아 있다

새들은 나를 보고
허기진 배를 채우려고 달려와서
사정없이 먹어 치우고 있다

그냥 친구처럼 이야기라도 하며
맛있게 먹어 주고
나를 멀리멀리 데려갔으면 좋겠다

나는 외롭지 않았고
새로운 친구들이 찾아와서
멋지게 함께 멀리 가고 있다.

등불

어둠은 저 멀리서 밀려오고
일과에 지친 많은 사람도
저마다 각자의 갈 길을 가고 있다

친구와 함께
연인과 손잡고
모두 흩어져 사라져 간다

나는 그대가 켜고 있는
등불을 찾아서
발걸음을 옮기고 있다

어둠을 밝게 비춰 주고
나의 마음을 포근하게 해주는
등불이 있는 그곳으로 나는 간다.

굴뚝새

어디선가 아주 작은 소리가 짧으면서 애절하게
나에게 들려왔다 새의 소리였다
소리가 나는 곳을 찾아 두리번거리며
조심스럽게 주변의 나무들을 이리저리 살펴보았다

드디어 새소리 나는 곳을 찾았다
작은 새는 소나무 잎사귀에 날개가
걸려서 빠져나오지 못하고 울어대는 굴뚝새였다

굴뚝새는 소나무의 송화를 먹다가 솔잎 사이로 미끄러지며
송진의 끈끈한 진액에 날개가 붙어 빠져나오지 못하고
자신의 위험한 상황을 소리로 알리고 있었다

나는 굴뚝새를 놀래지 않게 조심스럽게 꺼내서
솔잎과 송진이 묻은 깃털을 손상이 안되도록
살살 떼어내 주고 살며시 손으로 안아 주었다

굴뚝새의 부드러운 깃털 감촉은
어머니가 아이를 융단으로 감싸주고
품에 안아 주었을 때와 비슷함을 감촉으로 느낄 수 있었다

굴뚝새와 잠시 눈을 마주쳤는데
머리를 까딱까딱 움직이며
눈을 똘망 똘망 반짝이고 있었다
고맙다는 표시 같았다

나도 너를 만나서 고마워 눈으로 무언의 대화를 나누었다
이제 너는 자유다 건강하게 잘 자라다오 라는
바램도 하면서
소나무 송진에 굴뚝새 날개가 걸린다고는
생각도 못 했는데
불가항력적인 상황이 발생하는 것은
우리네 인생도 같지 않던가?

매화

터질듯한 꽃망울
이제나저제나
숨죽이며 바라보고 있다

청명한 하늘
꽃송이가 송이송이
봄을 알려 주고 있다

계절의 변화에
꽃과 들꽃들은
봄 채비를 서두르며 바쁘게 움직인다

마음도 함께
봄을 맞이하면
얼마나 좋을까

봄은 언제나
설레며 기다려지는
계절이고 마음이다.

설렘

아주 깊고 깊은 곳에서
움찔거리는 미세한 소리를
그대는 느끼지 못하였겠지

우렁찬 굉음이 아니기에
고요한 정신으로 땅에 가까이
귀를 기울여 보면 알 수 있다

그 춥고 모질었던 겨울의 옷을
벗어 버리게끔 만드는 힘을
나는 마음속으로 그대를 반기고 있다

봄은 새로운 모습으로 우리에게
항상 희망과 설렘을 주면서
멋지고 가슴 벅차게 다가온다.

별

아스라이 점점
멀어져만 가는 하늘 속을 보면
반짝반짝
금성이 나를 반기고 있다

그곳에는
나를 반겨줄 사람도 없는데
나는 자꾸 저 별에 가고 싶어진다

오라는 사람은 없어도
누구를 만날지 몰라도
저 별은 언제나 그 자리에 있다

나를 기다리고 있는데
나는 갈 수가 없어 안타까울 따름이지만
내가 별이 되면 만날 수 있겠지.

왜

이 추운 겨울에
꽃을 피우고 있는
철모르는 나무가 있다

시들어 가면서도
꽃봉오리가 생기면서
더 꽃을 피울 생각을 하고 있다

못다 핀 꽃이 되지 말고
모두 활짝 피었으면 좋겠는데
주변 환경이 바뀌면 피기 어려울 수도 있다

그러나 포기하지 말고 인내를 갖고
자연환경을 극복하면 더욱 아름다운
세상을 향한 꽃이 될 것이다.

콩깍지

나의 눈은 어디론가
멀리멀리 가버려서
아무것도 바라볼 수가 없다

그대가 나의 눈을 안 보이게
만들어 놓고
어디론가 떠나갔다

낙심한 마음을 달래려고
마냥 기다리고 있는데
그대가 내 앞에 나타났다

인연이란 것은
간절히 기다리는 마음으로
눈의 콩깍지를 벗어나야 한다.

제목 : 콩깍지
시낭송 : 박영애
스마트폰으로 QR 코드를 스캔하면
시낭송을 감상할 수 있습니다

저곳은

구름 너머로 해가 슬금슬금 넘어가고 있는데
나도 함께 해를 따라 보이지 않는 곳으로

가고 싶어지는 마음이다

저 멀리 먼 곳을
향해 달려가고 싶다

현실에서 떨어진
나만의 곳으로
미지의 세상
알 수 없는 세계로

알 수 없는 나

저곳은 나를
기다려 줄까?

큰방가지똥

쌀쌀한 날씨인데
키 작고 노란 꽃이 일찍이
들판을 물들여 놓았네

빠르게 세상을
보았던 꽃은 머리를 풀어 놓고
살랑대는 바람을 기다리고 있다

솜털처럼 부드러운
머리는 씨앗을 품고
어디론가 정착하려고 준비한다

떠돌아다니는 홀씨처럼
우리네 인생처럼
큰방가지똥도 마찬가지이다.

흔적

돌판 위에 오묘한 흔적이
자신만 알 수 있도록
새겨져 있다

자신이 지나가는 장소나
시간의 흔적이 언제나 소중하고 멋지게
남겨져 있으면 좋겠다

과거와 현재 보이는 것과 보이지 않는 흔적은
모두 소중하게 생각하며 자기 내면에
고이고이 아름답게 간직하였으면 좋겠다

그 흔적처럼 누가 알아주지 않아도
그저 주어진 곳에서
묵묵히 그 자리에 있으면 좋겠다.

초승달

나뭇가지에 밝은 달이 걸려 있네
맑고 맑은 하늘에서
외로이 홀로 비추고 있다

태양으로는 빛이 모자라는지
더 밝게 비추어 주려고
구석구석 환하게 비추고 있다

음습하고 음침한 곳은
빛으로 도려내었으면 좋겠다

저 초승달을 따서
마음 아픈 사람들을 어루만지며
희망의 빛을 나누고 싶다.

봄까치꽃

이른 봄
어여쁜 색시처럼 수줍음을 타며
고운 얼굴을 내밀고 있다

봄을 알리는
대지의 전령사가 여러 곳에서
나를 반겨주고 있다

예쁜 꽃이 나에게 먼저
손을 내밀며 다가와서
함께 들판에서 놀자고 한다

곱디고운 꽃은
넓은 들판을 멋지게 수놓고
마음 따듯하게 해주어서 고맙다.

큰꽃으아리

큰꽃으아리 솜털은
부드러운 머릿결같이 회오리치는
줄기를 따라 촘촘히 붙어 있다

세상의 세찬 비와 바람, 혹한에도
줄기와 솜털은 씨방에서 뽑히지 않고
모두 건장하게 꽃대에 붙어 있다

꽃대는 대지의 사랑을 받아
가느다란 모세관으로 물이 역동하면서
껍질 속으로 생명을 움트게 하겠지

사랑의 결실을 만들어 가기 위하여
꽃대에서 씨방이 떨어져 나가
멀리멀리 바람 따라 흩어지며 번식한다

씨앗이 흩어져 새로이 태어나고 나가듯
우리도 때가 되면 부모에게서 독립하고
각자 새로운 인생을 개척하기 위하여 흩어진다

야생에서 스스로 살아남기 위해서는
자연의 거칠고 험한 것, 때로는 온화함과 사랑을
나는 슬기롭게 배우며 터득해야 하겠다.

제목 : 큰꽃으아리
시낭송 : 박영애
스마트폰으로 QR 코드를 스캔하면
시낭송을 감상할 수 있습니다

생명

대지의 기운이
후끈 달아오르고
땅속의 씨앗과 뿌리는
대지의 기운을 흠뻑 받았다

낙엽 속에서도
성벽, 돌 틈 사이에서도
추운 겨울잠을 깨우는
미세한 움직임에
살포시 고개 내밀며
풀숲 위로 얼굴을 보여 주고 있다

자연이 주는 선물을
예쁘게 바라보면
마음이 흐뭇해지고 편안해진다.

꽃마리

돌돌 말려 있던 실타래가
술술 풀리듯이 꽃대 끝이
하나둘씩 풀려 올라온다

마디마디에 작은 꽃송이가
옹기종기 모여서 소꿉놀이를
즐겁게 하고 있다

나도 함께 끼워 달라고 하니
손사래를 치면서 구경이나 하라고
핀잔을 주며 숨어 버리려고 한다

작지만 예쁜 꽃처럼
자존감을 가지고 있어야
세상을 올바로 바라볼 수 있는 것 같다.

얼레지

혹독한 겨울은 깊게 박혀 있는 뿌리가
얼었던 대지에서 슬기롭게 견디어 내고
더욱더 강하게 단련되고 있다

따스한 봄날에
얼었던 대지가 녹아내리면
살며시 꽃대가 열려 간다

화들짝 놀란 만큼의 멋진 꽃이
눈앞에 나타나면 탄성이
저절로 나오게 된다

인고의 계절을 지나야만
멋진 꽃이 만들어지는 것과 같이
우리도 수없이 반복되는 일들을 아름답게 보내자.

연꽃

질척거리는 진흙 수렁 속에서
깊게 뿌리를 내리고 기회를 보면서
긴 호흡으로 기다리고 있다

서서히 연못 위로 연잎이 넓게 퍼지고
그 뒤를 이어서 꽃대가 올라오면서
꽃봉오리가 열린다

겹겹이 쌓인 꽃잎 가운데로
딱딱한 씨방이 함께 펼쳐지며
멋진 연꽃이 선을 보이게 된다

진흙탕 속에서 아름다운 꽃을
피워내는 상황과 힘은
우리에게 많은 것을 생각하게 한다.

사랑초

가냘프고 어여쁜 그대의 모습은
마음속 깊이 스며드는 힘이
있는 것 같다

향기는 없지만
미모로 유혹하는
그대는 영리하게 나를 반겨주고 있다

나는 그대가 미워하라고 해도
미워할 수가 없다
사랑하기 때문에.

꽃기린

길게 쭉쭉 뻗어 올라가는
나뭇가지는 누구도 건드리지 못하게
뾰족한 가시들이 듬성듬성 나와 있다

나뭇가지 끝에는 빨갛게 물들여 놓은
입술을 길게 빼고
누군가를 기다리고 있다

진한 녹색 옷을 입고 빨간 입술로
현혹하는데 누가 넘어가지 않고
평정심을 가지고 그대를 맞이할까

강물

졸졸 흐르는 냇가를 따라서
한참을 구부러진 물길로
흘러가는 대로 그저 가기만 한다

가다가 바윗돌에 부딪혀서
아파서 깨지기도 하고, 흩어지기도 하면서
아무 말 없이 그저 갈 뿐이다

작은 냇물이 모두 모여서
또 하나의 큰물이 되어
함께 가는 길을 만들어 내고 있다

세상의 흐름을 바꾸어 놓기 위해서는
작은 것이 모여야 큰 힘을 만들 수 있고
슬기롭게 힘을 써야 한다.

누린내풀

어디선가 진한 냄새가
코를 자극하여 주위를 둘러봐도
알 수가 없다

활처럼 휘어진 꽃대가 부러져 있는데
아마도 새들이 장난을 치다가 부러트려서
그 상처 난 곳에서 냄새가 나오고 있었다

예쁜 꽃은 자신을 보호하고 지키기 위하여
방어 수단을 가지고 있는데
누린내풀은 냄새로 방어 수단을 삼고 있었다

우리도 언제나 보호 본능이 있는 것이나
꽃들이 자신을 지키는 것이나 모두 같은 것처럼
자신을 지키며 살아가자.

할미꽃

흰머리칼이 바람에 흩날리고
꽃대는 힘없이 이리저리 흔들거리면서도
꿋꿋하게 버티고 있다

맑은 하늘을 바라보지 않고
바닥만 보면서 무슨 생각을 하고 있는지
무척 궁금해진다

무엇을 잘못하였는지는 모르지만
고개를 들라고 하여도 들지 않고
계속 아래만 보고 움직이지 않는다

고개를 들 수 있는 용기와 희망을
그대에게 주면 밝아진 얼굴을
만날 수 있을 것 같다.

개망초

들판에는 흰색 가운데에 노란 꽃술이
아주 많이 펼쳐져 있어
보는 이의 눈을 즐겁게 해준다

나라의 흥망을 저 꽃이
많이 피고 적게 피는 것에 따라
앞을 알 수가 있었을까?

꽃은 주어진 환경에 잘 적응하는
상태에 따라서 많거나, 적게 핀다고
합리적인 생각을 하고 싶다

현실 세상과 과거, 미래는
모두가 각자 만들어 가고, 만들었던 것이기에
소중하게 간직하며 살아야겠다.

파도

바람이 세게 불면서
마구마구 뒤흔들어 놓고
멀리멀리 사라져 버린다

또다시 세게 밀려오면서
모래들을 실어 나르면서 사연들을
파도 소리와 함께 우리에게 들려준다

깊은 속을 우리가 어찌 알겠는가
그저 보이는 것을 보고
이러쿵저러쿵 따질 뿐이다

파도가 전달해 주는
아름다운 소리에 귀 기울여
멋진 화음으로 만들어 갔으면 좋겠다.

까마중

떨떠름하고 어설픈
그대는 어디에서나 뿌리를 박고
생존하려고 애를 쓴다

그냥 버려지거나 뽑혀 버려지는
쓸모없는 들풀에 지나지 않지만
어느 곳이든 나타나곤 한다

그러나 나에게는 옛 추억을 만들어 주었던
고마웠던 들풀이었기에
지금도 길을 오가며 그대를 보면 미소가 나온다

아무리 하찮은 것이라도
누군가에게는 소중한 것이 될 수 있고
모두를 사랑하는 마음이었으면 좋겠다.

괭이밥

고양이가 무엇을 잘못 먹어서
배가 아픈지 넓은 들판을
이리저리 뛰어다니며 찾고 있는 것이 있는가 보다

노란 꽃을 찾았는지 잠시 멈추고
주변을 살피고 나서
그 풀을 정신없이 먹기 시작한다

아팠던 배가 나았는지 나무에 오르기도 하고
바닥의 흙을 파내기도 하면서
귀여움 받을 행동을 하고 있다

고양이도 영리하게 무엇을 먹으면 되는지
잘 알고 있는데…

우리는?

쥐방울덩굴

둥글둥글한 방울이 여기저기 나뒹굴고 있고
아주 멋진 꼬리명주나비가 살며시 날아와
꽃 깊숙한 곳에 빨대를 꽂아 넣고 꿀을 먹는다

거꾸로 매달려진 방울은
조심스럽게 벌어지면서
하늘의 바구니처럼 보인다

꼬리명주나비 애벌레는
쥐방울덩굴 잎만 먹고사는데
생명 보존이 걸려 있다

언제나 어느 곳에서나
반드시 있어야 하는 공생관계는
우리에게 주어지고 있다.

뱀딸기

나른한 이른 봄에
뻗어가는 줄기 마디마디에 노란 꽃이
여기저기 피고 있어서 나를 유혹한다

노란 꽃은 시간이 지나고 나서
빨간 열매는 잎사귀 뒤에
숨어서 살며시 얼굴을 내밀고 있다

사람이 다니는 오솔길 근처에 저 열매가 보이면
더욱 조심스럽게 다녀야 하는데
그곳에는 뱀이 출연을 자주 한다

뱀이 좋아하는 열매가 있고
우리가 좋아하는 것과 다르지 않네
모두 같은가 보다.

노루귀

꽃 잎사귀가 땅에서 솟아날 때의
뽀송뽀송하고 부드러운 솜털이
태양의 빛을 받으면 신비로울 정도로 아름답다

이른 봄 비탈진 산기슭에
옹기종기 모여서 예쁘게
세상에 나타나 가슴을 뛰게 한다

아름다운 자태에 숨이 멈출 정도로
매력에 푹 빠져 버려
고운 모습을 마음으로 담는다

자연이 주는 아름다움을
가슴으로 느끼게 하여 주는
노루귀야 고맙다.

등대

별빛도 없는 어두운 밤
도무지 잠을 잘 수가 없는 번뇌가
온통 머릿속에서 사라지지 않는다

어느 순간 별빛처럼 한줄기 희미한
빛이 보이기 시작하는데
어디로 가야 하는지 알 수가 없다

조금 더 가다 보니 불빛은 선명해지고
마음의 평온을 얻게 되고
방향을 올바르게 잡을 수 있다

등대는 나의 갈 길을 알려주는
나의 길잡이가 되어 주어
나를 이끌고 있다.

물매화

높고 넓은 산등성이에
움푹 파인 곳에서는
둥그런 잎사귀가 여러 장 나와 있다

새하얀 얼굴에 빨간 립스틱을 짙게 바르고
높게 올라와 있는 그대가
나와 같이 있자고 한다

나는 그대를 조심스럽게
마음으로 안아 주고
살며시 눈을 마주쳐 주었다

세상의 아름다움을 만들어 주는
자연을 사랑할 수밖에 없다.

바위솔

험한 바윗덩어리의
조금 갈라진 곳에서는
오래된 생명이 살고 있다

누구인가 다가오지 못하게
손이 닿지 않는 곳에서
하늘을 향하여 곧게 솟아오르고 있다

세상의 더러운 때가 묻지 않고
주어진 대로만 살고 있는 것이
멋지고 아름답게 보인다

어떤 것이든 꾸미지 않고 보여 주는
진정성이 있는 삶은 어렵지만
실천하며 살고 싶다.

노루발

내서운 추위에도
녹색의 꽃잎은 변하지 않고
그 자리에 머물러 있다

가느다란 꽃대가 올라오고
다닥다닥 붙어 있는 꽃망울이
예쁘게 모여 있다

노루가 꽃잎을 밟고 지나갔는지
노루발과 똑같이 닮아 있는 것이
신기하게 느껴진다

우리는 좋아하는 것과
닮고 싶어 하는 마음은
변함이 없는 것일까?

바람을 타고

나는 가벼운 깃털처럼
바람이 부는 대로 어디론가
떠나고 싶어진다

그 끝이 어디인지 몰라도
바람이 데려다주는 그곳에
오랫동안 머물러 있었으면 좋겠다

바람의 세기에 따라
가까울 수도, 아주 멀리 갈 수도 있는데
내가 선택하지 않고 바람만 알겠지

우리는 나의 의지와 다르게
삶을 거치게 되는 경우가 많은데
모두 받아들이며 멋지게 살아보자.

도깨비바늘

들판의 풀밭을 마구마구 휘저으며
재미있게 놀다가 집에 오면
바지 아래에는 도깨비들이 붙어 있다

뾰족한 침을 가진 도깨비들을
떼어 내어 바닥에
내동댕이치면 바람이 데리고 간다

그렇게 바람이 데리고 간 곳에서
또 다른 도깨비가 나와서
계속 번식을 하게 된다

스스로 옮겨가지 못하고
다른 것에 의지하여 사는 생은
인제 그만두고 스스로 일어나자.

호박

널찍하고 넉넉한 잎사귀가
땅을 뒤덮고 있는데
그 사이사이에 노란 꽃이 보인다

벌들은 바쁘게 여기저기에서
꽃 속을 들락거리면서 꿀을 빨고 다리에는
꽃가루를 묻혀서 집으로 간다

동그랗고 앙증맞게 생긴 호박이
머리에 꽃을 태우고
잎사귀 뒤에 숨어 버린다

꼭꼭 숨어 버린 호박은
엄청나게 크게 자라서 씨앗을 만들어
다음 세대를 준비하고 있다.

핫립세이지

나는 유혹에 강하다고
항상 자부하며 지내오다가
그대를 보고 그만 자신이 없어졌다

빨간 입술을 길게 내밀고
나에게 오라고 하는데
망설이다가 그에게 다가서고 말았다

아름다운 그대는
나의 손에 이끌려 가슴속으로
들어와서 자리를 잡고 있다

가끔은 그대와 손을 잡고
흥겨운 음악소리에 맞추어
춤을 추고 있는 나는 즐겁다.

나비세꽃

흐늘거리는 긴 꽃대 끝에는
한 마리의 나비 같은 꽃이
위태롭게 매달려서 나를 보라고 한다

바람이 그대를 흔들고 있어도
떨어지지 않게 꽉 붙어 있어서
아름다움은 변하지 않고 있다

잠시 바람이 멈추어서
그대와 눈을 마주치고
예쁘게 손 인사하고 왔다

작고 흔들려도 자신을
끝까지 지키고 있는
그대는 아름답다.

팔손이

어디에서 날아왔는지
도무지 알기 어려운데
손을 펼친 듯한 잎사귀와 도깨비방망이 같은 꽃이다

야생에서도 피고 지고
추위와 더위도 잘 버티면서
묵묵히 자라고 있다

이색적인 외모가 외계 바이러스를
연상시키면서 눈길을
사로잡을 만하다

독특한 것이 있으면
그 특징을 살려서 더 많이 알리면
성공의 지름길이 될 것 같다.

뻐꾹나리

둘둘 말려 올라오는 잎사귀에는
뻐꾹새 같은 무늬가 생겼다가
자라면서 그 무늬는 사라진다

꽃대 마디마디마다 넓은 잎이
층층으로 계속 올라가고 꽃대는 여러 갈래로
나뉘어져 가며 그 끝에서는 2층으로 꽃이 곱게 핀다

새로이 태어날 때와 자라는
과정에서 서로 다르게 변화하는 것은
그 꽃만의 특성이다

우리도 환경에 따라, 시기에 따라서
많이 변화하거나 변색되면서,
성숙하고 완성되어 가는 것이다.

그리움

멍하니 파란 하늘을 바라보며
상념에 잠겨 있을 때가
가장 행복한 시간 같다

머릿속을 하얗게 비워 놓고
새로운 것을 담고자 하면
옛것이 그대로 남아 있다

왜 비우지 못할까?

그것은 그리움이 너무 깊숙하게
자리를 잡고 있기 때문이다
인간이기에.

앉은부채

아주 이른 봄 양지바른 곳에
햇불처럼 생긴 얼룩무늬의 꽃 덮개가
땅바닥에 붙어서 올라오고
그 속에서는 도깨비방망이 같은 꽃이 피어난다

꽃이 지고 나면
뿌리에서 잎사귀가 모여서
옹기종기 올라와서 지내고 있다

꽃을 보면 바닥에 앉아 있는
부처와 비슷하게 닮아 있는 꽃이
특이하게 보이고 멋지게 보인다

가까이 봐야 예쁘게 보이거나
밀리 보면 보이지도 않는 것이 있지만
누구나 관심 있게 지켜보며 살아가자.

처녀치마

시냇물이 졸졸 흐르고
높고 깊은 산속의 계곡에
보라색 치마를 곱게 차려입고
나를 기다리는 처자가 있다

그 처자가 나를 보며
방긋 웃으며 어서 오라고
손짓하며 반가이 맞이하여 주었다

추운 날씨인데도 아랑곳하지 않고
가만히 움직임 없이 나와 계속되는
눈맞춤을 하면서 대화하였다

처녀치마와 나는 마음속으로
사진을 담으면서 예쁘고 멋지다
그리고 고맙다.

붓꽃

작은 연못 가장자리에
뾰족뾰족한 잎사귀들이
앞다투며 올라오고 있다

높게 올라온 꽃대에서는
붓처럼 생긴 꽃봉오리가
우뚝 솟아나 있다

보라색의 꽃은 세 갈래로 흩어지면서
멋지게 그 속을 보여주고 있는데
그 속은 무섭게도 호랑이 무늬를 띄고 있다

꽃 속에 감추어진 것은
꽃을 피워야 할 수 있고
사람의 속은 겪어 봐야 알 수 있다.

나팔꽃

잠들어 있는 대지의 생명들을
일어나라고 외치면서
울타리에 올라타서 나팔을 불고 있다

아무리 외쳐도 꿈쩍도 하지 않고
그냥 그 자리에서 잠자고 있는데
새벽이슬이 모두를 깨우고 있다

밤새 길섶에 맺혀 있는
이슬 한 방울이 원기를 회복하는데
꼭 필요한 것이지 나팔 소리는 그저 허구일 뿐이다

실제로 필요한 것을
상황에 맞게 사용하는 것이
삶의 지혜이다.

나그네

무슨 사연이 있었기에
그대는 그리 멀리 떠나갔는지
이해하기 어렵다

외로운 영혼이
그대를 이리저리 끌고 다니며
외롭게 만들어 가고 있다

떠나면 그만인가?
다시 돌아오면 안 되는가?

여기는 항상 비워 놓았기 때문에
언제든지 와서 묵을 수 있는
마음의 쉼터가 생겨 있다.

참새

이른 아침 참새들의 요란한 합창 소리에
꿈속에서 깨어나서 밖을 바라보니
아무도 보이지 않는다

참새들이 어디론가 날아가 버리고
바람만이 나뭇가지를 흔들며
어서 오라고 손짓하면서 웃는다

그들은 사라졌지만
나는 그 자리에 그대로 남겨져 있다

일만 저지르고 사라지면 남아 있는 자들이
그것을 감당하여야 하므로
자기 일을 남에게 미루지 말자.

주름잎

나는 들판을 거닐다가
땅바닥 여기저기 살펴보는
습관이 있어서 천천히 걷게 된다

밭이나 논두렁에는 작은 꽃이 보여서
자세히 보니 잎 가장자리에
물결무늬 같은 주름이 잡혀 있다

바닥을 주름잡고 있었던 것일까
꽃 아래에는 보랏빛과 하얀 입술 꽃잎의
황금빛 무늬가 압권이다

작지만 왕처럼 지내려고 하는
멋진 모습이 좋아 보이고
아름답게 오랫동안 보았으면 한다.

설악초

높은 산에는 눈이 많이 내리고
눈 내린 모양을 꼭 빼어 닮은
꽃이 여기저기 보인다

잎사귀에 눈이 내렸는지 가장자리만
하얀 눈이 그어져 있는데
언제나 그 자리에 새겨져 있다

꽃은 자세하게 보아야
보일 정도의 아주 작고 여러 개가 다닥다닥
모여서 소꿉놀이하고 있다

모두 특이한 형태를 가지고
저마다의 삶을 살면서
많은 사람에게 즐거움을 주니 고맙다.

봉선화

돌담길 모퉁이를 돌아서면
봉황을 닮은 듯한 예쁜 꽃이
서로 잘 봐 달라고 얼굴을 내민다

꽃과 잎사귀를 따서
널찍한 돌판 위에 놓고
짓이겨서 손톱 위에 놓고 싸매어 준다

손톱은 예쁘게 물들어 가고
마음도 한참을 그대로 간직할 수 있게 되어
즐거운 날들이 이어진다

어렸을 때의 추억은
오랫동안 기억 속에 남아 있어서
나는 행복하게 살 수 있다.

오이풀

아주 소심스럽게 바람이
나에게 다가서며 속삭이듯
저만큼 달아나 버린다

바람을 따라가 보았더니
신선하고 상큼한 내음이
뿌려지고 흩어져 간다

길고 높게 자란 오이풀이
나를 만나자고 바람에
이야기하였던 모양이다

바람은 온 세상의 이야기를
여기저기 돌아다니며
소식을 전해주어서 고맙구나.

빛

아무도 없고 보이는 것도 없는
먼 하늘을 바라만 보면서
나는 무엇인가?

공상과 허구 속에 나를 몰아넣고
그 속에서 돌파구를 찾아보려고
무척 노력을 하였다

한줄기 빛이 먼 곳으로부터 보이기
시작하면서 새로운 것을
만들어 갈 수 있겠다고 생각한다

나를 찾기 위하여는
언제나 자신과의 싸움에서
지지 말고, 지치지 말고 싸워가야 한다.

허공

깜깜한 밤하늘의 별을 보면서
그대와의 오래된 추억들을
회상하며 즐거워했었지

언제나 고운 꿈이나
행복한 시간만이 존재하지 않고
존재감이 없거나 생각이 엇나갈 수도 있다

상대방의 깊은 상처는
밖으로 나오지 않게 감싸주고
위로하여 줘야 한다

허공 속에 외치면 메아리처럼
되돌아오지 않고 아프게 하지 말아야
오랫동안 함께 갈 수 있다.

움직임

휙 지나간 것이 느껴진 순간은
이미 늦어 버려서 무엇인지
알 수가 없이 빠르게 갔다

나도 저렇게 빠르게 지나갈 수 있으면
무엇이든 하고 싶은 것이
무척 많을 것 같다

순식간에 중요한 사항들이 결정되는
경우도 무척 많고,
그 결정을 후회하면서도 가야 한다

마음과 머리의 움직임이
따로따로 다니면 언제나 말썽이
생겨서 항상 신중하게 가야만 한다.

기대

무엇을 그대에게 바라겠는가?
현실과 이상을 번갈아 가면서
무수한 세월을 보냈지만

이제는 아무것도 기대하지 않고
그냥 지금보다 나빠지지 않게
자신을 가꾸었으면 좋겠다

그것도 안 되면 고독을 즐길 수 있게
깊은 산속에 홀로 두고
마음속을 깨고 나오게 하고 싶다

기대는 모두 하지만
기대만큼 하기는 너무 힘들고 어려운 것은
욕심이 너무 많고 깊기 때문이다.

여름밤

무더운 한낮에 시커먼 구름이 몰려와서
한바탕 소동을 일으키고
유유히 저 멀리 사라져 간다

작은 연못으로 개구리들이 모여들어
합창하며 시끌시끌한 장터 같고
멀리서는 풀벌레와 새들의 웃음도 들린다

찌는 더위는 잠시 지나갔지만
긴 밤의 고독함을 달래어 주는
친구는 개구리와 풀벌레, 새들이 전부이다

새벽녘에 잠깐 꿈속을 다녀와서
혼미한 상태로 날을 지새우고 있지만
이 여름이 지나가기를 기다리고 있다

가을이 오기 전에
새로운 도전이
나를 기다리고 있다.

시계초

그대는 언제나 쉬지도 않고
모두를 향하여 빠르거나 느린 대로
그저 세월 따라 흘러가는 것을 알려 준다

어느 위치든지 모두 다르다 하여도
아무런 불평 없이 할 일을
모두 소화하며 그대로 가기만 한다

시간의 흐름 속에서 살아 있는 생물들은
그때그때 변화하며 각자의 길을
묵묵히 때로는 생존경쟁을 하며 살아간다

시계초의 시계는 서로 각각 다르게 피고 지지만
시간의 흐름과 과정은 모두 같이
우리들의 삶과 함께 여정을 떠나고 있다.

 제목 : 시계초
시낭송 : 박영애
스마트폰으로 QR 코드를 스캔하면
시낭송을 감상할 수 있습니다

빈 잔

물이 가득 채워진 물잔 속에서
허우적거리며 살려고 발버둥 치며
이리저리 헤매고 있다

넘쳐흐르는 물을
주워 담지도 못하면서
아까워하며 어쩔 줄 모르고 있다

꼭 알맞게 담을 줄 아는 것은
인생의 지혜와 지식으로
삶을 살아가고 있다는 것이다

욕심과 욕망을 버리고
무엇이든 넘치지 않게 담을 수 있는
내가 되기 위하여 오늘도 간다.

밤배

어둠 속으로 사라져 가는
저 배는 왜 나를 여기에 놔두고
떠나야만 했을까?

나는 아직도 그 해답을 찾지 못하고
온 세상을 기웃거리면서
만신창이가 되어 가고 있다

비록 떠돌이 같은 삶이지만
많은 것을 보고 배우면서
나에게 맞는 것이 무엇인지는 알게 되었다

어둠이 사라지면 그 해답이 나올지도 몰라
밤을 새워 보아도 자꾸 헛발질만 하면서
오늘도 밤배를 타려고 애를 써 본다.

인동초

그대 혼자서는 일어서지도 못하고
바닥으로 갈 수밖에 없는 처지인데
주변의 나무나 식물들의 도움으로 올라가고 있다

서로 의지하며 가는 모습이
너무 보기 좋고 줄기 마디마디에서
예쁜 꽃과 잎사귀로 화답하고 있다

어떤 이는 스스로 할 수 없는 것을
해보겠다고 도전하였다가 실패하는 경우를
많이 보고 듣고 있다

혼자가 아닌 여럿이 함께 가는 지혜를
인동초가 우리에게 보여 주고
곱게 웃으면서 따라 해보라고 손짓한다.

배롱나무

무더운 여름이 오면 예쁜 정원에는
분홍빛의 꽃이 활짝 나를 반겨 주며
가까이 다가오기를 기다리고 있다

파란 하늘 사이로 꽃을 보면
더욱 예뻐지는 그대를 바라보면서
나는 미소를 살며시 보여준다

작은 꽃들이 피고 지면서
여름의 백 일 동안 우리에게
마음의 위안을 주는 고마운 꽃이다

우리는 누구에게 위로를 해주고
때로는 받는지 항상 주변을 둘러보면서
동행하는 마음을 가졌으면 좋겠다.

장구채

멀리서 들려오는 희미한 소리에
귀 기울여 무슨 사연인지
살며시 가까이 가서 들어 본다

마디마디 잎사귀와 꽃들이
함께 나부끼면서 사랑의 소리처럼
감미롭게 들려오는 다정한 소리였다

서로가 바람에 부딪치고 찢겨 나가도
그 사랑의 소리는 변하지 않고
끊임없이 멋지게 들려온다

변하지 않는 사랑은
나의 마음을 움직여서
그대와 영원히 함께 간다.

노고지리

이른봄 나의 친구가 하늘에서
재잘거리면서 나와 함께 길을 걸으면서
오솔길을 따라 걷는다

밭두렁의 어디에서는 알을 품는
어미가 놀라서 저 멀리 달아나 가며
알을 건들지 말라며 소리친다

친구의 외침에 정신을 차리고
살며시 알을 바라보니 곧 깨어나려는지
알의 껍데기가 깨어져 가고 있다

노고지리는 새로운 생명에게
먹이를 열심히 먹여 주면서
새로운 삶을 이어가도록 꾸준하게 끈을 이어 간다.

친구

어느 때인가 외로움이 덮쳐와서
나를 억누르지 못하는 심한 번뇌가
마음속 깊은 곳에 박혀 있다

주변의 사람들도 나를 외면하면서
나는 더욱 곤경의 수렁 속으로
깊숙하게 빠져들어만 갔다

다행히 나에게 친구가 다가와서 수렁 속에서
빠져나오게 지팡이를 건네주고 잡아당겨서
끄집어내 나를 살려 놓았다

친구란 내가 어려움에 빠져 있거나
비를 맞고 있을 때
나와 함께 있어 주는 사람이다.

그리움이
널 기다리고 있다

이만우 시집

2023년 9월 6일 초판 1쇄
2023년 9월 8일 발행
지 은 이 : 이만우
펴 낸 이 : 김락호
디자인 편집 : 이은희
기 획 : 시사랑음악사랑
연 락 처 : 1899-1341
홈페이지 주소 : www.poemmusic.net
E-Mail : poemarts@hanmail.net

정가 :12,000원
ISBN : 979-11-6284-470-0